BOY GIRL ETC.

Le camping

Adaptation : Nicolas Jaillet.
Création graphique du roman : SKGD-Création.
Hachette Livre, 58, rue Jean-Bleuzen, 92178 Vanves Cedex.

BOY GIRL ETC.

Le camping

hachette JEUNESSE

BOY

Boy est le plus âgé de la bande et il est souvent considéré comme « l'arbitre » de la maison. Malgré son tempérament anxieux, il essaie d'être là pour aider tout le monde, mais c'est loin d'être facile avec une famille comme la sienne !

GIRL

Rebelle de nature, Girl est aussi très farceuse. Elle déteste l'autorité, et surtout quand ça vient de son frère, Boy ! Girl se montre également moqueuse, et personne n'est à l'abri de ses terribles blagues ! Elle adore aussi la provocation, c'est son jeu favori...

DOG

Même si Dog sait parler comme un humain, il n'en reste pas moins un chien... avec tout ce que ça implique ! Dog adore courir, rapporter, jouer, aboyer... Il est très turbulent, et souvent un peu ridicule, mais il est avant tout très fidèle et attaché à sa famille.

CAT

Cat est une chatte plutôt... stupide. Elle est toutefois très attachante et est dotée de capacités uniques et étranges ! Elle louche en permanence et ne sait que miauler. Elle tente parfois de se rendre utile, mais elle se laisse toujours distraire...

CHEESE

Cheese est un fromage qui fait partie de la famille à part entière. Elle est extravertie et adore être le centre de l'attention... Cheese a un caractère de diva ! Ses passions ? Le chant, les romans d'aventures, la mode et... elle-même, bien sûr !

MOUSE

Comme Dog, Mouse est doté de parole. Mais contrairement à Dog, Mouse est rationnel, et surtout très intelligent ! Il est le plus mature de la famille et tente sans arrêt de faire cesser les disputes. Malheureusement, ses interventions sont aussi souvent source de disputes...

UNE PAIX FRAGILE

Quel bel après-midi ! Pour une fois, Girl, Boy et leurs amis ne sont pas réunis dans le salon, devant la télé. Ils ont décidé de faire une sortie au parc pour profiter du ciel bleu, de la douceur de l'air et du chant des oiseaux.

Boy a tout de même apporté sa console portable. Au milieu de toute cette nature, il avait peur de s'ennuyer ! Mouse est plongé dans un livre de mécanique, et Cheese dans un roman d'aventures. Cat et Dog, eux, somnolent au pied du banc où leurs amis se sont installés.

– Comme c'est agréable, tout ce calme ! soupire Dog. Cette paix, ce silence…

« Tout ce calme ? se dit Girl. C'est étonnant, de la part de Dog... »

Il est vrai que, d'habitude, ce chien est incapable de tenir en place. Girl se demande combien de temps il va rester dans ce bel état d'esprit. Elle a envie de lui jouer un tour...

– C'est vrai que c'est calme, répète-t-elle en levant les yeux vers la cime des arbres, avant d'ajouter malicieusement : Tiens, un écureuil !

« Un écureuil ? » se dit Dog.

Il se met aussitôt à aboyer en courant dans tous les sens. Girl n'avait pas

vu d'écureuil mais, à force de chercher, Dog finit par en trouver un. La petite bête ramassait tranquillement des glands dans l'herbe, au pied d'un grand chêne. Voyant ce chien fou furieux foncer sur lui, l'écureuil s'enfuit le long du tronc !

Normalement, Dog n'est pas censé savoir grimper aux arbres. Mais dans certains moments d'excitation, il peut parfois oublier ce détail ! Il suit l'écureuil le long du tronc, sans cesser d'aboyer.

Alerté par ses cris, Boy lève les yeux de sa console.

– Oh non… gémit-il. C'est reparti !

Il sait que, quand Dog grimpe aux arbres, la catastrophe n'est jamais très loin.

– Ne t'en fais pas, répond Girl, faussement rassurante. Il ne va rien se passer…

En fait, la jeune fille a une nouvelle idée en tête. Encore une mauvaise plaisanterie.

– … tant que Dog ne pense pas à regarder en bas ! crie-t-elle assez fort pour que le chien, tout en haut de l'arbre, puisse l'entendre.

Et ça marche ! Dog s'engage sur l'une des dernières branches de l'arbre. Il s'approche en grognant de l'écureuil… et sursaute en entendant Girl. Par réflexe, il baisse les yeux vers le sol. Le sol… si bas… si loin !

En panique, le chien perd l'équilibre. Il se rattrape de justesse à la branche, qu'il étreint de toutes ses pattes. Et le voilà, pendu à cette branche, à la merci de l'écureuil qui le bombarde de noix !

– Au secours ! gémit le malheureux chien, soumis à un feu nourri de noix.

Les cris d'alerte du chien parviennent jusqu'à Mouse.

– Cat, lance le souriceau, tu sais grimper aux arbres, non ? Va l'aider, vite !

La chatte se dresse aussitôt. Elle répond à l'ordre de Mouse d'un bref salut militaire et fonce vers l'arbre. Avec ses griffes et son agilité de félin, elle atteint la cime du chêne en quelques secondes. Mais, une fois arrivée, elle a complètement oublié le sens de sa mission… Tout ce qu'elle voit, c'est

Dog, dans une position délicate, prêt à recevoir une pluie de noix sans réagir. Amusant !

2

BATAILLE DE NOIX !

En quelques secondes, ce beau moment de repos en pleine nature a viré au chaos.

Loin de porter secours à Dog, Cat ramasse une pile de noix et les jette sur le chien.

Dog appelle au secours, de plus en en plus fort, quand un cri étrange déchire soudain la tranquillité du parc :

– Aaaaaayayayaaaaa yayayaaaaaa !

C'est le cri de Tarzan, mais… en beaucoup plus aigu.

Surgissant de nulle part, Cheese vient à la rescousse, pendue au bout d'une liane. Elle saisit Dog sous le bras et l'emmène.

Le sauvetage aurait pu se terminer normalement, sans la manie de Cheese pour les selfies… Cheese adore se photographier dans des situations héroïques. Comment résister à cette occasion ? Tout en tenant sa liane d'une main, le chien pendu à son cou, elle sort son téléphone en plein vol. Évidemment, elle oublie de regarder autour d'elle… et c'est l'accident !

Au lieu d'atterrir en douceur, Cheese et Dog percutent brutalement un tronc d'arbre. Ils se laissent glisser au sol et se relèvent, un peu étourdis par le choc.

Peu rancunier, Dog s'écrie :

– C’était génial, Cheese ! Tu m’as sauvé, merci !

Puis il se reprend et ajoute :

– Enfin, je m’en serais très bien tiré sans toi, mais c’est gentil…

Ignorant cette dernière remarque, Cheese lui montre le roman qu’elle était en train de lire.

– De rien ! répond-elle. J’ai appris cette technique de sauvetage en hauteur dans ce livre : *Kor-Zok, l'enfant sauvage* !

Caressant la couverture du livre où l'on voit une version féminine de Tarzan, vêtue d'une peau de bête, se balancer au bout d'une liane, Cheese pousse un soupir.

– Oh, j'aimerais tellement lui ressembler… s'extasie-t-elle. Vivre dans la jungle, au milieu des singes et des serpents et des…

– Toi ? ricane Boy. Dans la jungle ? Tu ne survivrais pas cinq minutes ! Autant demander à Girl de se servir du lave-vaisselle sans provoquer d'accidents !

– Je sais très bien me servir du lave-vaisselle, réplique Girl, piquée au vif. Bon, d'accord, la dernière fois, il y a eu un début d'incendie, mais comme c'est moi qui l'ai éteint, ça ne compte pas !

Girl s'interrompt brusquement. Elle vient d'avoir une idée. L'une de ces idées

catastrophiques qui ont fait la légende de cette famille.

– D'ailleurs, ajoute-t-elle, je vous mets au défi, avec ma camarade Cheese, aventurière de l'extrême, de survivre tout un week-end en pleine nature. Ça vous dit, une sortie camping ? Je parie que vous ne tiendrez pas le coup !

– OK ! réplique Boy. J'ai même une proposition à faire : chaque équipe d'aventuriers devra atteindre le sommet de la montagne de l'Ours avant la fin du week-end. L'équipe qui n'y arrivera pas sera déclarée officiellement... équipe des nuls !

3

CAP SUR LA MONTAGNE DE L'OURS

Dog se tourne vers le sommet de la montagne que Boy pointe du doigt. Elle ne s'appelle pas la montagne de l'Ours par hasard… Son sommet ressemble étrangement à une tête d'ours dressée vers le ciel, toutes dents dehors. C'est assez inquiétant… Et ce n'est pas tout.

– Euh… La montagne de l'Ours ? demande Dog, inquiet. Tu es sûr ? Parce qu'il paraît qu'il y a vraiment un gros ours qui vit là-haut…

Cheese éclate de rire.

– Écoutez-le, ce trouillard ! crie-t-elle. Il abandonne déjà !

– Pas du tout ! répond Dog. Je vais le faire, votre week-end camping ! Et Mouse aussi !

En entendant son nom, le souriceau lève les yeux de son livre.

– Ah bon ? dit-il. Eh bien, d'accord, si tu le dis !

– Très bien ! conclut Girl. Ça fait trois contre trois. Cat aussi est avec nous.

N'entendant pas de réponse, la jeune fille cherche sa chatte des yeux. Cat n'a pas bougé, elle est restée au

sommet de l'arbre, à jeter des noix sur l'écureuil.

– Cat ! Tu es avec nous ? hurle Girl.

La chatte ne réagit pas. Elle n'a pas entendu un mot de la conversation.

– Bon… soupire Girl. On va dire qu'elle est d'accord.

Le week-end arrive. Cheese, Girl et Cat se présentent au pied de la montagne, prêtes à entamer l'ascension.

– Ah ! Comme c'est bon de se retrouver en pleine nature ! s'écrie Girl. Dans le calme, avec pour seul bruit de fond le chant délicat des oiseaux ! Sans machines, sans rien.

Girl s'interrompt. Alors qu'elle parlait justement de silence, un bruit de moteur inattendu attire son attention.

– Laissez passer le Chariot Express ! crie une voix beaucoup trop familière.

Girl se retourne et découvre son frère, Mouse et Dog, bref : l'équipe des garçons, à bord d'un étrange véhicule.

– « Chariot Express » ? demande Girl. Qu'est-ce que c'est que ce truc ?

– Il s'agit d'un véhicule motorisé, avec tout le matériel ! explique Mouse. C'est un nouveau concept. Ça s'appelle le « flemmping » : comme le camping, mais avec tout ce qu'il faut pour flemmarder. Comme à la maison, quoi…

– Peut-être, réplique Cheese, mais, avec tout ce matériel, vous n'atteindrez jamais le sommet… Bonne chance, les gars !

4

CAMPING CONTRE FLEMMPING

Face à la remarque amère de Cheese, les garçons se contentent de ricaner. De la part de Cheese, ça ne peut être que de la jalousie ! Soudain, une petite sonnerie retentit.

– Oh, regardez ! s'exclame Dog. Le thé est prêt !

Une trappe s'ouvre à l'avant de l'appareil et une théière apparaît, comme par magie. Les garçons se servent chacun une tasse, en prenant des poses pour bien montrer à leurs adversaires qu'ils sont à l'aise et qu'ils disposent de tout le confort.

Mais à la première gorgée de thé, ils se mettent aussitôt à hurler en tirant la langue. Ils quittent leur

véhicule pour se précipiter, tête la première, dans la mare la plus proche. Le thé était beaucoup trop chaud !

Les filles reprennent la route, rassurées : le « Chariot Express » de Mouse n'a pas l'air d'être totalement opérationnel.

– Camping : 1, flemmping : 0 ! conclut Girl.

À la fin de la première journée de marche, l'équipe des filles atteint une clairière. Elles décident d'y passer la nuit. Pour l'instant, le campement est très basique. Girl a planté trois morceaux de bois en pyramide, attachés par le sommet avec des lianes.

– Voilà ! annonce-t-elle fièrement. Ça m'a l'air très solide !

Mais avec un craquement sinistre, les trois branches s'effondrent. Le cri de Girl a suffi à les abattre. Décidément, le campement de l'équipe camping est à revoir !

À quelques pas de là, Boy, Dog et Mouse se reposent. Ils n'ont pas fait beaucoup d'efforts pour planter leur camp, mais ils se reposent tout de même. En fait, le chariot de Mouse a réalisé tout le travail. Il a suffi d'appuyer sur un bouton et la machine a déployé un grand carré de moquette sur le sol, avant d'y installer deux fauteuils, un hamac, une table basse, un frigo, un grand écran et un four.

– Flemmping : 1, camping : 1 ! compte Boy. Enfin… pour l'instant !

– Ouais… rumine Girl. En attendant, j'espère pour vous que votre énorme installation ne va pas attirer l'attention de… l'ours.

Au mot « ours », Dog ouvre des yeux horrifiés. Boy se redresse dans son hamac.

– L'ours ? demande-t-il. Quel ours ? On ne sait même pas s'il y a un ours, ici ! N'est-ce pas, Mouse ?

– Eh bien, réplique Mouse, il se trouve que, justement, il est tout à fait probable qu'un our…

Pour l'interrompre, Boy se met à hurler :

– Tu vois ? Il n'y a pas d'ours !

Il ne faut surtout pas que Dog pense à cet ours. Sinon, il va se mettre à paniquer !

5 ATTAQUE NOCTURNE

C'est l'heure du dîner. La nuit va bientôt tomber. Bien installés dans leurs fauteuils, Boy et Mouse attendent. Dog apparaît, tenant un grand plateau avec une volaille rôtie et sa garniture.

– Et voilà ! Faisan… au parmesan ! annonce Dog.

Boy et Mouse brandissent couteaux et fourchettes. Attirés par le délicieux fumet qui s'échappe de la viande rôtie, ils se lèchent déjà les babines en attendant d'être servis…

Mais, alors qu'ils s'apprêtent à se servir, un rapace tombe du ciel et emporte le faisan dans ses serres.

Les filles, de leur côté, ont abandonné leur projet de bivouac. Sacs est tout dos, elles s'apprêtent à reprendre leur marche vers le sommet. Mais l'incident du rapace les amuse beaucoup !

– Vous pouvez rire ! leur lance Boy, vexé. Et vous, qu'est-ce que vous allez manger ?

– Ne t'en fais pas ! réplique Cheese. On a un plan !

Bien décidées à trouver un moyen de se nourrir en pleine nature, Cheese et Girl partent en chasse. Première étape : camouflage ! Elles plongent dans un marais et ressortent couvertes de boue. C'est parfait ! Avec cette nouvelle

tenue en boue naturelle, les deux filles entament un délicat travail d'approche. Elles rampent entre les roseaux, lentement, prudemment… et marquent un arrêt en arrivant à portée de leur cible. C'est le moment, elles passent à l'attaque !

En poussant des hurlements sauvages, les filles fondent sur leur proie : un énorme… buisson de myrtilles !

Les deux chasseresses arrachent des branches entières, et s'en font un festin. Hmmm… délicieux ! Quelle victoire pour l'équipe camping !

Cependant, les garçons se sont remis de leur mésaventure avec le rapace. Tant pis pour le faisan ! L'équipe flemmping n'est pas partie les mains vides. Le chariot de Mouse a des réserves ! Pendant que les tomates farcies cuisent doucement dans le four, Boy, Dog et Mouse font une petite sieste. Tout

va bien… jusqu'à ce qu'une mouche vienne se poser sur la truffe de Dog.

Le chien renifle, secoue la tête et chasse l'intruse, qui s'éloigne. Dog se rendort. Mais il est très vite réveillé par un vrombissement sourd… Ce n'est plus une mouche solitaire, mais des centaines, des milliers ! Tout un nuage de mouches attaque le campement !

Bondissant de son siège, le chien saisit une paire de bombes insecticides. Il en asperge l'essaim. Les mouches migrent vers le camp des filles. Surprises par cette invasion, Girl, Cat et Cheese tombent sur les branches de leur nouveau camp, en cours de construction.

En voyant le camp de leurs adversaires s'effondrer, les garçons hurlent de rire. Mais, pour rire, il faut ouvrir la bouche… Et comme ils se trouvent au milieu d'un épais nuage d'insecticide,

ils en avalent de pleines gorgées et s'étouffent. C'est au tour des filles de rire un bon coup !

La nuit est longue pour l'équipe camping. Faute d'avoir pu reconstruire une cabane à temps, les aventurières sont obligées de se réfugier sous un arbuste quand la pluie se met à tomber. Ce qui provoque, une fois de plus, l'hilarité des garçons.

Car le Chariot Express est évidemment équipé d'un toit automatique. Mais les garçons, trop occupés à jouer sur le grand écran, en oublient le plat qu'ils ont laissé cuire dans le four. Une épaisse fumée s'en échappe…

Or, comme Mouse n'a rien fait au hasard, il a équipé le chariot d'un système anti-incendie. Aussitôt, il se met à pleuvoir sous le toit de leur campement aussi fort qu'à l'extérieur !

6

PRÈS DU BUT

Le lendemain, à l'aube, les filles reprennent leur marche. En fin de matinée, elles arrivent au pied de l'aiguille en forme de tête d'ours qui domine la montagne.

– Je suis sûre qu'on les a semés ! se félicite Girl. Les garçons sont incapables d'arriver jusqu'ici sans se perdre.

Mais au détour d'une colline, l'équipe camping tombe en arrêt. Les garçons sont là ! Ils les attendent, à bord de leur chariot.

– Mais… comment vous avez fait ? s'étonne Cheese.

– J'ai tout simplement branché mon GPS sur le générateur, explique Mouse.

– Il faut avouer que c'est assez malin, reconnaît Cheese.

Puis elle prend un air grave et se met à tourner les pages de son roman préféré.

– Décidément, ce concours n'est pas équitable. Je vais corriger ça.

Ayant trouvé la page qui l'intéresse, Cheese pousse un cri vraiment très étrange, comme si elle essayait d'imiter une scie musicale…

Dans les arbres qui l'entourent, de petites têtes poilues apparaissent les unes après les autres. Le cri de Cheese était en fait le cri de guerre… des écureuils !

– Non ! Pas les noix ! s'écrie Dog, terrifié.

Une nuée d'écureuils bondit au pied des arbres et fonce sur les garçons, qui ont juste le temps de s'enfuir.

– Bien joué, Cheese ! s'écrie Girl, tandis que les écureuils lacèrent le véhicule des garçons. Ils vont rester coincés ici, ajoute-t-elle. Pendant ce temps, on va foncer jusqu'au sommet, et rien ne pourra nous arrêter ! Ha, ha, ha !

Les filles s'éloignent en poussant un éclat de rire démoniaque. Les écureuils, fatigués de jouer,

abandonnent un à un le véhicule de Mouse. Les garçons peuvent sortir de leur cachette… mais c'est pour constater que le Chariot Express est désormais hors d'usage.

– On peut toujours installer le campement, gémit Mouse.

Mais sans générateur, on peut oublier le frigo, la télé, la console de jeux…

– Qu'est-ce qu'on va bien pouvoir faire ? se demande Boy à haute voix.

Dans le lointain, les garçons entendent des cris de joie. Les filles ont l'air de préparer quelque chose… Intrigués, ils décident d'aller les espionner. Ils s'éloignent sans voir, tout près de leur campement, un mouvement suspect au milieu des buissons. Ils n'ont pas entendu, non plus, provenant de ces

mêmes buissons, un grognement inquiétant…

Les garçons ne tardent pas à retrouver l'équipe des filles, au bord de la rivière. Cachés dans les roseaux, ils les observent. Avec l'aide d'un castor, Cheese a trouvé le moyen de sculpter une barque dans un tronc d'arbre, en un temps record !

– Oh non ! s'écrie Boy. Avec ce bateau, elles vont arriver au sommet bien avant nous ! Comment faire ?

Déprimés, les garçons décident de retourner au campement. Mais une très mauvaise surprise les attend : tout leur équipement a été complètement détruit.

– Qui a pu faire ça ? demande Dog.
Oubliant qu'il vient de les voir au bord de la rivière, Boy conclut un peu trop rapidement :

– Ça ne peut être que les filles ! Je suis prêt à le parier ! Mais si elles croient s'en tirer aussi facilement, elles se trompent. Maintenant, on ne fera plus de cadeaux… C'est la guerre !

Un peu plus tard, les filles enfilent leurs gilets de sauvetage. Elles sont prêtes pour la traversée.

– Allez, hop, tout le monde à bord ! crie joyeusement Cheese en bondissant dans sa barque.

Girl pousse l'embarcation à l'eau et saute à bord, Cat sur sa tête. Elle

donne quelques coups de rame, mais la croisière tourne court : à quelques mètres seulement de la rive, la barque improvisée prend l'eau… et coule ! Cat pousse un cri de frayeur à l'idée de devoir rentrer à la nage. Heureusement,

l'eau n'est pas profonde, et les trois navigatrices rejoignent rapidement la terre ferme.

MYSTÈRE RÉSOLU

Après leur naufrage en eau peu profonde, les filles atteignent la rive. Elles sont accueillies par l'équipe des flemmping, qui les attend de pied ferme.

– C'est bien fait ! leur lance Boy. Ça vous apprendra à détruire notre campement !

– N'importe quoi, réplique Cheese. Tu dis ça parce que vous êtes en train de perdre, c'est tout ! On n'y peut rien, si vous êtes nuls en camping !

– C'est vous, les nulles ! répond Dog.

– Non, c'est vous ! crie Girl.

– C'est vous ! répond Boy.

Bref, la discussion pourrait continuer éternellement. Heureusement,

Mouse, malgré sa petite taille, est parfaitement capable de hurler plus fort que tout le monde.

– Stoooop ! ordonne-t-il en sautant au-dessus de la mêlée.

Ayant obtenu un moment de silence, le souriceau demande à la cantonade :

– Si les filles n'ont pas détruit notre campement, qui a pu le faire ?

Après l'intervention de Mouse, tous se regardent, sans dire un mot. Au milieu du silence, un grognement terrible retentit. Un grognement de bête sauvage. De grosse bête sauvage…

– C'était quoi, ce truc ? demande Boy, inquiet.

– Laissez-moi faire ! déclare Dog. Je suis un chien de garde. C'est à moi d'aller voir…

Le chien fait quelques pas en direction de la forêt, d'où le grognement semblait venir… mais c'est pour faire demi-tour aussitôt, en suppliant :

– En fait, je préférerais que quelqu'un m'accompagne, si c'est possible ?

Coincés au bord de la rivière, nos six héros épient, impuissants, les abords sombres de la forêt. Le grognement monte en intensité et les arbustes frémissent. Aucun doute possible : la bête, la créature, quelle qu'elle soit, s'approche…

Jaillissant soudain de sa cachette, un immense grizzli se dresse devant le groupe de campeurs. Retroussant ses babines sur des dents immenses et pointues, puis ouvrant une gueule énorme, il pousse un rugissement qui glace le sang de nos amis.

– Aaah ! hurle Boy. L'ours féroce de la montagne ! Mouse, tu nous avais pourtant juré qu'il n'existait pas !

– Je n'ai jamais dit une chose pareille ! réplique Mouse. Courez, c'est la seule chose à faire !

La peur donne des ailes. Les six campeurs détalent si vite que l'ours ne sait plus où donner de la tête ! Profitant de cet instant d'hésitation, toute la bande va se réfugier derrière un grand tronc d'arbre.

– Bon, déclare Girl à mi-voix, je crois qu'il faut oublier notre petite compétition idiote. Un seul objectif, maintenant : survivre !

– Bien dit ! réplique Mouse sur le même ton. Je crois même que j'ai un plan pour nous débarrasser de cet ours. En

unissant nos forces, comme une vraie famille !

Cheese est tellement contente, qu'elle ne peut pas retenir un cri de joie.

Elle saute en hurlant :

– Super ! Allez ! On y va ! Youpi !

Elle se reprend, mais un peu trop tard. Tous ses amis la regardent avec une grimace inquiète. Si Cheese avait voulu se faire dévorer par un ours, elle n'aurait pas agi autrement.

Prenant conscience, mais trop tard, de sa bêtise, l'étourdie tente de se rattraper :

– Qui a crié : « Super ! Allez ! On y va ! Youpi ! » ? demande-t-elle. Il faut être débile…

Personne n'a le temps de lui expliquer que, la débile, c'est elle. La

silhouette terrible de l'ours se dresse au-dessus des campeurs, qui prennent de nouveau la fuite !

SAUVE QUI PEUT !

Après une course haletante, les six aventuriers semblent avoir semé le grand méchant ours de la montagne. Il est temps de mettre le plan de Mouse à exécution ! Tandis que Dog monte la garde, Girl s'accroupit au pied d'un grand arbre pour y installer un piège.

Au milieu d'un tas de feuilles, Girl a déposé un poulet rôti attaché à un piquet pour empêcher les rapaces de le dévorer. Autour de l'appât, elle dispose une longue liane, retenue par un petit morceau de bois qui cédera au moindre choc. Cette liane, attachée à un arbre souple, est tendue comme un ressort.

Une fois son travail accompli, Girl va vite se cacher dans les buissons où l'attendent Dog, Boy, Cheese et Mouse.

– Tout est en place ! déclare Girl. Il n'y a plus qu'à attendre. Rester silencieux, bien cachés, et…

Girl regarde autour d'elle.

– Où est Cat ?

En effet, la chatte a disparu ! Tout le monde jette des regards affolés alentour.

Mais on entend justement des miaulements, du côté du piège. Cat n'a pas pu résister à l'appel de ce magnifique poulet rôti : elle l'a gobé tout entier, sans même

déclencher le piège ! Elle reste un moment assise, au milieu de feuilles, le temps de digérer. Mais alors qu'elle mâche les derniers morceaux du poulet, quelque chose de liquide lui tombe sur la tête. Elle se redresse. Ce qu'elle a senti sur sa tête, ce sont des gouttes… Les gouttes de salive d'un ours affamé.

Le grizzli est là, et la domine de toute sa hauteur. Une chatte avec un poulet dans le ventre, c'est encore plus appétissant ! Ça fait deux repas d'un coup.

Cat va se faire dévorer ! Tous ses amis sont terrifiés. Que faire ?

Soudain, un cri déchire la forêt.

– Aaaaaayayayaaaaa yayayaaaaaa !

C'est le cri de Tarzan, mais dans les aigus. Ce n'est donc pas Tarzan. C'est Cheese. Se balançant au bout d'une liane, elle fond sur le piège, juste au moment où l'ours allait refermer ses crocs sur Cat.

Coup double ! Non seulement Cat est sauvée, mais l'ours, en essayant de la manger, s'est retrouvé pris au piège. La liane se resserre sur ses pattes et se détend d'un coup, propulsant l'ours dans les airs. Il atterrit sur le bord du ravin. Après quelques rebonds, il y tombe et disparaît en poussant un long rugissement.

Cat, Girl, Boy, Cheese, Dog et Mouse poussent un grand « Hourra ! » au sommet de la montagne.

– Génial ! dit Cheese. On a gagné !

– Grâce à nous, ajoute Boy, cet ours n'embêtera plus personne. Tout le monde pourra se promener tranquillement ici sans avoir peur !

Ce que Boy ne sait pas, c'est qu'au même instant, l'ours vient d'atterrir à deux pas des jumeaux Smith qui ont, eux aussi, décidé de partir camper. Ils sont sagement restés au pied de la montagne, mais ça ne leur a pas réussi…

L'ours se redresse, secoue la tête et, dès qu'il les aperçoit, il pousse l'un de ses effroyables rugissements dont il a le secret.

– C'était vraiment le sauvetage le plus cool de l'histoire ! conclut Girl. Mais… vous savez quoi ? Je suis un peu épuisée. Si on rentrait à la maison ?

– Complètement d'accord ! approuve Boy. Pas la peine de grimper jusqu'au sommet, c'était juste un pari idiot !

– Ce n'est pas pour faire mon rabat-joie, ajoute Mouse, mais tant qu'on y est, on devrait y faire un saut... Regardez, le sommet est juste là !

Et le souriceau montre la grande tête d'ours en pierre, qui se trouve maintenant à quelques pas seulement des campeurs.

– Mouais... réplique Boy en haussant les épaules. Tant pis ! On ira une autre fois. Assez d'émotions pour la journée !

Et les six aventuriers prennent tranquillement le chemin du retour, sans entendre, au pied du ravin, les hurlements de terreur des jumeaux Smith qui courent à toutes jambes pour tenter d'échapper au

grand méchant ours de la montagne…
Chacun son tour !

FIN

As-tu lu les précédentes aventures de Boy, Girl, Dog, Cat, Mouse et Cheese ?

Tome 1

Tome 2

TABLE

PAPIER À BASE DE
FIBRES CERTIFIÉES

hachette s'engage pour l'environnement en réduisant l'empreinte carbone de ses livres. Celle de cet exemplaire est de :
300g éq. CO_2
Rendez-vous sur
www.hachette-durable.fr

Photogravure Nord Compo - Villeneuve-d'Ascq
Imprimé en Espagne par MACROLIBROS
Dépôt légal : novembre 2021
Achevé d'imprimer : octobre 2021
50.9369.9/01 – ISBN 978-2-01-716205-6
Loi n° 49956 du 16 juillet 1949
sur les publications destinées à la jeunesse